www.tredition.de

AF202300

ROLAND GREIS

***

REISE INS LAND DER MONSTER

Eine Parabel

www.tredition.de

© 2020 Roland Greis

Verlag und Druck:
tredition GmbH, Halenreie 40-44, 22359 Hamburg

ISBN
Paperback: 978-3-347-21864-2
Hardcover: 978-3-347-21865-9
e-Book: 978-3-347-21866-6

Jeden Tag kam das Brüllen der Motorsägen näher. Am Anfang war es nur ein fernes Grollen gewesen, ein Gewitter, das der Wind in Wellen herantrug. Als es lauter und immer lauter wurde, sandte man Späher aus. Sie berichteten von gelben, stinkenden Monstern, die sich wie ungeheure Kaimane in den Wald hineinfraßen, auf ihrem Weg alles niederwalzten und eine staubige Spur der Verwüstung hinterließen.

Die Ältesten rieten die Siedlung zu verlassen und sich tiefer in den Wald zurückzuziehen. Wenige Wochen später, als die neuen Hütten fertig waren, entdeckten Jäger des Stammes, dass die alles verschlingende Schlange aus Staub schon tief in ihre Jagdgründe eingedrungen war und sich unaufhaltsam ihrer neuen Siedlung näherte.

Sie hielten Rat und die Männer des Stammes machten sich auf die gelben Ungeheuer zu töten, die ihrer aller Mutter die Haut vom Leibe rissen. Sie folgten dem Krachen der stürzenden Baumriesen und erreichen nach wenigen Stunden den Kopf der Schlange. Lange bevor sie die Monster erblickten, rochen sie ihren stinkenden Atem, der wie ein bläulicher Nebel durch die Bäume drang.

Sie machten ihre Bogen schussbereit und stürmten schreiend auf die Monster zu. Sie schossen, aber ihre Pfeile prallten wirkungslos an der gelben, gepanzerten Haut ab. Als einer von ihnen mit erhobenem Speer auf eines der Ungeheuer zulief, knallte es und er fiel um. Zwei Jäger liefen los um ihn zu retten, aber auch sie wurden wie von einer unsichtbaren Hand zu Boden geworfen und blieben bewegungslos liegen.

Die anderen zogen sich zurück. Sie warteten bis die Monster zu brüllen aufhörten und als es dunkel war, schlichen sie zu der Stelle, wo die drei gefallen waren. Sie fanden sie nicht. Der Boden, auf dem sie gelegen hatten, war von den tiefen Spuren der Monster zerfurcht. Nur an einer Stelle entdeckten sie im Licht des Mondes ein Büschel blutverkrusteter Haare.

Sie machten sich auf den Rückweg und in ihren Augen stand das Entsetzen vor dem, was sie gesehen hatten.

Als sie der Ratsversammlung berichteten, wurde es still. Aus den Hütten hörte man das Klagen der Frauen, die ihre Männer verloren hatten.

Es wurde beschlossen drei Männer auszuschicken, die die Monster beobachten sollten. Ihre Aufgabe war es herauszufinden, ob die Feinde verwundbar waren.

Einige Tage später kehrten sie zurück und erzählten, dass die Ungeheuer von menschenähnlichen Wesen geweckt wurden und abends einschliefen, worauf diese aus ihnen heraus kletterten. Die Nacht verbrachten sie in Hütten. Einige hatten armlange Rohre, die sie immer bei sich trugen. Einmal hatten sie gesehen, wie es daraus knallte und ein Affe tot aus den Bäumen fiel.

Menschenähnliche Wesen saßen auch in den riesigen rollenden Körben, auf die sie die gestürzten Bäume warfen und auf der staubigen Schlange wegtrugen.

Mehrmals hatten sie auch gesehen, dass die menschenähnlichen Wesen aus den gelben

Monstern herunter stiegen ohne dass diese zu brüllen aufhörten. Aber nie hatten sie beobachtet, dass diese sich ohne jene in Bewegung setzten. Daraus schlossen sie, dass die Gefahr eher von den Wesen ausging als von den gepanzerten Ungeheuern.

Eines Nachts hatten sie sich zu diesen geschlichen und ihre gepanzerte Haut berührt, ohne dass sie aufgewacht waren.

Die Ratsversammlung beschloss die Jäger erneut auszuschicken. Sie sollten versuchen die feindlichen Wesen nachts zu überraschen und so viele wie möglich zu töten.

Als sie das Lager erreichten, wurde es dunkel. Sie warteten bis der Lärm der Feinde verstummt war und schlichen lautlos mit schussbereiten Bogen zu den Hütten, die vom Schein einer kleinen Sonne beleuchtet waren.

Vor jeder der Hütten stand ein Mann mit einem kurzen Rohr und hielt Wache.

Sie beratschlagten was zu tun war. Wenn sie alle gleichzeitig ihre Pfeile abschossen, sollte es möglich sein, die drei Wachen zu töten, in die Hütten einzudringen und die schlafenden Feinde zu überraschen.

Auf ein Zeichen schossen sie. Zwei Männer fielen lautlos von mehreren Pfeilen getroffen. Der dritte schrie verletzt auf und sie sahen das Feuer, das in mehreren Stößen mit lautem Knallen aus seinem Rohr kam.

Einer von ihnen war getroffen.

Aus den Hütten drang Schreien. Männer stürzten heraus und begannen aus mehreren Rohren gleichzeitig zu feuern.

Sie packten den verletzten Jäger und zogen sich rückwärts kriechend in den Wald zurück. Als sie in sicherer Entfernung waren, verbanden sie seine Schulterwunde mit Baumbast und kehrten zu ihren Hütten zurück.

Am nächsten Tag hörten sie ein Dröhnen, das sich rasch näherte, wieder entfernte und schließlich in ein Ohren betäubendes Donnern überging. Ein riesiges schwarzes Insekt begann über ihren Hütten zu kreisen. Plötzlich fielen kleine dunkle Punkte aus einer Öffnung und Donnerschläge zerrissen ihre Hütten. Alle rannten schreiend in den schützenden Wald und warteten bis das Insekt davon geflogen war. Als sie zurückkehrten, fanden sie diejenigen, die in den Hütten gewesen waren, in ihrem Blut.

Sie verbrannten ihre Toten wie das Gesetz es gebot.

Wieder hielten sie Rat, aber man sah in den Augen der Ältesten, dass auch sie nicht weiter wussten.

Sie verließen den Ort des Schreckens und begannen weit im Inneren des Waldes neue Hütten zu bauen. Diesmal aber nicht um einen Dorfplatz herum, sondern einzeln versteckt unter Bäumen, so dass sie von dem Insekt nicht so leicht gefunden werden konnten.

Der Frieden währte nicht lange.

Eines Tages berichteten Jäger, dass Dutzende menschenähnlicher Wesen am Ufer eines Baches begonnen hatten die Bäume zu fällen und ein Lager zu errichten. Mit Wasser speienden Rohren brachen sie den Boden auf, schöpften den aufgewühlten Schlamm in flache Wannen. Durch kreisförmige Bewegungen schwemmten sie die braune Brühe aus und gaben ein glänzend perlendes Wasser dazu, das sie umrührten und mit Feuer speienden Rohren verschwinden ließen. Übrig blieb ein gelb leuchtender Staub, der unter den gierigen Augen der Männer in ungleiche Teile geteilt wurde.

Von ihm schien eine unheilvolle Magie auszugehen, denn ständig gab es Streit zwischen den Männern und das Misstrauen in ihren Blicken war wie eine Gewitterwolke, die sich jederzeit mit vernichtender Energie entladen konnte.

Es war als hätte das, was die Männer der Erde antaten, auch auf sie eine verhängnisvolle Wirkung, denn sie schienen nicht in der Lage zu sein einander zu helfen und gerecht zu teilen. Und der Unfriede, der aus jeder ihrer Handlungen sprach und den Wald in eine Schlammwüste verwandelte, breitete sich aus wie der Gestank ihrer Maschinen, ein Pesthauch, vor dem alles Lebendige floh.

Von morgens bis zum Einbruch der Nacht durchwühlten die Männer den Boden, angetrieben vom Zorn derer, die mit Feuerrohren daneben standen, und trotz ihrer schweißtreibenden Arbeit hatten sie kaum genug um ihre hageren Körper zu ernähren. Denn das, was sie der Erde entrissen, trugen sie zu einer Hütte, wo sie dafür das Wenige bekamen, was sie im Laufe des Tages verzehrten.

Für die Jäger war es unbegreiflich, was sie da sahen, denn sie lernten schon als Kinder wie man die Früchte des Waldes nutzt ohne die Quelle, die sie mit allem versorgte, versiegen zu lassen. Sie lernten alles, was sie ernteten, miteinander zu teilen und da keiner für sich behielt, was das Ergebnis der Bemühungen aller war, hatte auch jeder genug und genügend Zeit um den größten Teil des Tages sich den Freuden des Lebens zu widmen.

Als die Jäger genug gesehen hatten, wandten sie sich schaudernd ab um zu ihren Hütten zurückzukehren.

Bald kamen auf der staubigen Schlange immer mehr Männer in den Wald. Immer größere Teile verwandelten sie in Schlammwüsten und die trübe Brühe, die unablässig in die Flüsse rann, ließ zuerst die Fische und dann auch Vögel und andere vom Wasser lebende Tiere verenden.

Dann wurden auch die Menschen krank, die ihr Trinkwasser und ihre Nahrung aus den Flüssen nahmen. Sie bekamen Durchfall und ihre Hände begannen zu zittern, ihr Gang wurde unsicher und schließlich versagten ihre Gliedmaßen. Sie verdrehten die Augen, Speichel floss aus ihrem Mund und schließlich starben sie unter Krämpfen.

Als die ersten Kinder des Stammes krank wurden, beschloss man die befallene Gegend so weit wie möglich hinter sich zu lassen. An den ersten Tagen ihrer Flucht stießen sie immer wieder auf Orte, die von den Jägern des gelben Staubes zerstört worden waren. Einmal trafen die vorausgehenden Späher auf einen Trupp mit Rohren bewaffneter Männer, die sofort das Feuer eröffneten. Im Schutz der Bäume gelang es ihnen zu entkommen und ihr Volk im großen Bogen um die Feinde herum zu führen.

Sie wanderten viele Tage und als die in weiter Front ausgeschwärmten Späher lange Zeit keine Spuren der Zerstörung mehr gefunden hatten, ließ man sich nieder und begann mit dem Bau der Hütten im Schatten großer, dicht belaubter Bäume.

Sie nahmen ihr Leben in gewohnter Weise wieder auf. Seit Menschengedenken hatten sie in dem Wald gelebt, der ihrer aller Mutter war. Sie gab ihnen alles, was sie benötigten und wenn sie von ihr etwas nahmen, taten sie es mit Ehrfurcht und Dankbarkeit.

Die Männer jagten Tapire, Pekaris, Hirsche und Affen und sammelten den Honig der Wildbienen. Die Frauen pflanzten in ihren Waldgärten Süßkartoffeln, Maniok und Yams, Bohnen, Kürbisse, Melonen und Mais, Mangos, Papayas, Zitrusfrüchte, Bananen und vieles mehr an. Gemeinsam betrieben sie Fischfang, indem sie die Blätter einer Pflanze so lange auf das Wasser schlugen, bis die Fische vom Saft betäubt eingesammelt werden konnten.

Der Wald gab ihnen auch die Medizin, mit der ihre Schamanen   Krankheiten und Verletzungen heilten.

Es fehlte ihnen an nichts und Neid, Missgunst und Hass waren ihnen fremd. Sie wussten, dass sie nur gemeinsam ihr Leben meistern konnten und der Beitrag jedes einzelnen wichtig war und daher achteten sie einander gleichermaßen   und ohne Unterschied. Ihre Entscheidungen trafen sie alle zusammen und auch wenn den Ältesten besonderer Respekt entgegengebracht wurde, hatten sie doch nicht die Macht über andere zu bestimmen. Man hörte auf ihren Rat, der in langer Erfahrung gegründet war, aber keiner maßte sich an, daraus besondere Rechte abzuleiten.

Ihre Kinder erzogen sie ohne Gewalt, allein durch das Beispiel, das die Gemeinschaft ihnen gab und im Wissen, dass auch Kinder den gleichen Respekt verdienten. Weil man ihre Fähigkeiten schätzte, ließ man sie früh an den Unternehmungen der Erwachsenen teilnehmen und so lernten sie schnell. Da man ihnen vertraute, konnten sie auch früh Verantwortung übernehmen und so fand jeder seinen geachteten Platz in der Gemeinschaft.

So hatten sie immer gelebt und es war gut gewesen und der Wald belohnte sie mit andauernder Fruchtbarkeit. Da sie seine Gesetze achteten, konnten sie von Generation zu Generation aus ihm Nutzen ziehen. Weil sie wie die Tiere und Pflanzen ein Teil von ihm und mit dem zufrieden waren, was er ihnen gab, schenkte er ihnen Kraft und Gesundheit und das Glück dessen, der sich im Einklang weiß mit allem Lebendigen.

Der innere Friede, der sie erfüllte, sprach auch aus jeder ihrer Handlungen. Ihre Arbeit verrichteten sie ruhig und voller Achtsamkeit und die wütende Hast und Hektik, die sie im Lager der Feinde gesehen hatten, war ihnen fremd. Wenn sie einen Baum fällten, so achteten sie darauf, dass seine Umgebung möglichst wenig zu Schaden kam. So erwiesen sie den Geistern des Waldes ihren Dank. Alles, was sie nicht brauchten, gaben sie dem Wald zurück und waren so Teil des großen Kreislaufes allen Lebens.

Von Zeit zu Zeit schickten sie Späher aus, denn sie wussten um die Besessenheit derer, die sich entschlossen hatten, ihrer aller Lebensgrundlage zu zerstören. Sie hatten den Fieberglanz der   Verzweiflung in ihren Augen gesehen, die sie antrieb und dazu brachte ein Paradies in eine Hölle zu verwandeln.   Sie ahnten die Not, aus der ihr wahnsinniges Tun gespeist wurde, aber sie konnten nicht begreifen, warum es geschah.

Die Macht, die in ihren Lebensraum eingedrungen war, führte Krieg, aber es war ein Krieg, den sie nicht kannten, ein Krieg gegen das Leben selbst.

Gegen eine solche Macht waren sie machtlos und sie spürten, dass es auf Dauer nicht genug war, immer weiter vor ihr zurückzuweichen.

Schließlich beschlossen sie, einen der ihren auszusenden um die fremde Welt der Monster genauer kennenzulernen und ein Heilmittel gegen die Krankheit zu suchen, die ihre Welt befallen hatte.

Die Waffen der Jäger hatten sich als wirkungslos erwiesen und so bestimmten sie einen Schamanen, einen ihrer Heilkundigen, geübt in der Suche nach Medizin, mit der man die Geister der Krankheit vertreiben konnte.

Es war ein Mann, der Jahrzehnte Erfahrung im Finden und der Zubereitung von Heilmitteln hatte, der im Stamm höchste Achtung genoss und auch eine Medizin gefunden hatte, um die Zitterkrankheit der Kinder zu heilen.

Da sie inzwischen hinreichend erfahren hatten, dass ihre Feinde auf alles feuerten, was nicht im Gewand der Jäger des gelben Staubes daherkam, musste ihr Heiler erst eine Verwandlung durchmachen. Seine Haare, ein Kennzeichen der Stammeszugehörigkeit, wurden nach Art der Feinde geschnitten, Schutzzeremonien abgehalten und als alle Vorbereitungen getroffen waren, machte er sich auf die Reise ins Land der Monster.

Viele Tage war er unterwegs, um die Lager der Jäger des gelben Staubes machte er große Bogen, bis er die staubige Schlange erreichte. Ihr folgte er im Schatten der Bäume und kam schließlich an eine Stelle, wo der Wald endete und eine Ebene am Ufer eines Flusses freigab, die übersät war mit den Hütten der menschenähnlichen Wesen.

Hier war auch eine Stelle, wo die Baumstämme von den großen rollenden Körben auf riesige Boote verladen wurden. Er wartete, bis die Sonne untergegangen war und machte sich dann mit einem Fetzen bekleidet, den er am Rande der staubigen Schlange gefunden und mit heilkräftigen Kräutern geräuchert hatte, auf den Weg in die Ansiedlung.

Vor einer der Hütten fand er eine Frau, die dünne farbige Häute wie sie die Feinde über ihrer Haut trugen von einer Liane nahm. Er holte aus seinem Tragekorb einen kleinen gelben Stein, den er in einem Fluss gefunden hatte und der dem Staub glich, für den die Feinde zu töten bereit waren und bot ihn ihr im Tausch gegen zwei der Häute an, die sie auf dem Arm trug. Er sah das gierige Leuchten in ihren Augen und zog sich rasch wieder in den Wald zurück, nachdem sie einig geworden waren. Über einem Feuer, in das er ein Kräuterpulver warf, räucherte er die Häute und zog sie dann an wie er es bei den Feinden gesehen hatte.

Am nächsten Morgen ging er wieder in die Siedlung. Sie bestand aus merkwürdigen Hütten, die teils aus Holz, schmutzigen, verschiedenfarbigen Häuten und großen gewellten Dachteilen gebaut waren. Der Gestank verfaulender Nahrungsreste und menschlicher Ausscheidungen lag in der Luft. Diese Wesen schienen nicht zu wissen wie man Abfälle nutzen und dem Kreislauf des Lebens zurückgeben kann. Zwischen den Hütten und entlang der Wege lagen Berge von Weggeworfenem, in denen Hunde nach Essbarem suchten und vor Schmutz starrende Kinder spielten.

Er sah auch Frauen, die ihrer Arbeit nachgingen, aber ihre Augen waren ohne Glanz und wenn sie ihre Stimmen erhoben, so war es um zu schreien. Das Lachen, das so oft die Hütten seines Volkes erfüllte, hörte er nicht.

Als er sich dem Ufer des Flusses näherte, wurden die Hütten größer und er sah auch solche, die aus Steinen gebaut waren. Einige waren von Mauern umgeben und vor einigen Eingängen standen Wachen mit Feuerrohren. Hinter den vergitterten Toren sah er kleine gepanzerte Ungeheuer in verschiedenen Farben, die sich auch durch die staubigen Pfade zwischen den Hütten bewegten. Die menschenähnlichen Wesen, die darin saßen, schienen sehr mächtig zu sein, denn vor ihnen wich alles zurück, wenn sie sich näherten.

Einige von ihnen sah er auch am Fluss, wo sie an ihre Ungeheuer gelehnt rauchend herumstanden und zuschauten wie andere Männer Baumstämme oder große Körbe auf die riesigen

Boote schafften. Ab und zu schrien sie und die anderen arbeiteten schneller.

Er kam an Häusern vorbei, vor denen Männer und Frauen unter Sonnendächern saßen und aus kleinen Schalen tranken, die ihnen von anderen gebracht wurden. Auch hier fand er das, was er schon in den Lagern der Jäger des gelben Staubes gesehen hatte. Es gab zwei Arten von menschenähnlichen Wesen. Die einen standen oder saßen herum, unterhielten sich und sahen zu wie die anderen für sie arbeiteten. Die Macht, die von ihnen ausging, zeigte sich in der Art wie sich bewegten und mit jenen sprachen, die für sie tätig waren.

Beiden Arten schien aber die Fähigkeit zu fehlen, mit dem, was sie taten zufrieden zu sein. Während die Gesichter der einen von Müdigkeit und Erschöpfung gezeichnet waren, wirkten die der anderen wie gefühllose Masken. Auch wenn sie lachten, war es, als umgäbe sie eine Mauer.

Obwohl sie wie Menschen aussahen, fehlte ihnen das, was die Angehörigen seines Volkes eins werden ließ. Es gab keine echte Gemeinschaft. Die Mauern zwischen ihnen und die Art wie sie miteinander umgingen, machten es unmöglich sich gemeinsam zu freuen, miteinander zu fühlen und einander zu schätzen.

Am Ufer des Flusses sah er einen Mann, der damit beschäftigt war nach Art seines Volkes mit Feuer und Axt einen Einbaum auszuhöhlen. Er trug die Häute der menschenähnlichen Wesen, aber seine Gesichtszüge erinnerten ihn an sein Volk. Er näherte sich mit der gebotenen Ehrerbietung und wurde erkannt. Seine Sprache war eine etwas andere als die seines Volkes, aber sie konnten sich mit Hilfe von Zeichen gut verständigen.

Er stammte aus einem Gebiet nördlich des Flusses, das von den Jägern des gelben Staubes zerstört worden war. Sie hatten sein Dorf überfallen und alle getötet. Nur drei Männer, die gerade auf der Jagd waren, hatten überlebt. Bei dem Versuch die Morde zu rächen waren die anderen Beiden getötet worden.

Er hatte verletzt überlebt und war von einem Heiler der menschenähnlichen Wesen gefunden und versorgt worden.

Auch unter ihnen gab es solche, die sich um die Zerstörung des Waldes sorgten und seine Bewohner als Menschen achteten. Er hatte viele wichtige Worte ihrer Sprache gelernt und da von seinem Stamm keiner mehr lebte, hatte er begonnen am Ufer des Flusses eine Hütte zu

bauen und Fische zu fangen, die er gegen Werkzeuge und andere lebenswichtige Dinge
tauschte.

Er zeigte ihm dünne farbige Lappen und
runde Scheiben. Diese benutzten die menschenähnlichen Wesen, wenn sie etwas tauschen wollten. Für seine Fische erhielt er das, was sie *Geld*
nannten und dagegen konnte er dann andere
Dinge eintauschen. Für das, was man tauschte,
bekam man meist wenig *Geld,* wollte man dafür
etwas bekommen, musste man viel dafür geben,
weil der Tauschpartner jedes Mal versuchte
mehr für sich zu gewinnen. Deshalb musste man
bei jedem Tausch lange reden, wenn man nicht
immer wieder verlieren wollte.

Je weniger man anzubieten hatte und je
schneller man tauschen musste, umso weniger
erhielt man dafür. Diejenigen, die viel besaßen
und mit dem Tausch warten konnten, entschie-
den dadurch meist wie viel sie gaben und wie
viel sie für ihren Besitz bekamen. Dadurch wurde
ihr Besitz immer größer, während die, die wenig
zu tauschen hatten, ihr Leben kaum verbessern
konnten. Hatte man nichts, das man gegen Geld
tauschen konnte, so musste man dafür arbeiten.
Auch hier galt das Gleiche. Je schneller man Arbeit finden musste um nicht zu verhungern, desto

weniger bekam man dafür. Wenn viele Menschen in dieser Lage waren, so erhielten sie noch weniger. So ging es auch den Jägern des gelben Staubes. Um nicht zu verhungern, mussten sie eine Arbeit machen, die sie krank machte.

Es war schwer zu verstehen, dass es Menschen gab, die so leben mussten. In dieser Welt wurde man nicht für eine Arbeit, die man für andere tat, geachtet, hier galt nur, was man besaß. Und wer viel besaß, der hatte die Macht über das Leben derjenigen zu bestimmen, deren Arbeit seinen Besitz vergrößerte und die er verachtete.

Diesen Besitz aber musste man schützen. Dafür baute man Mauern, die man bewachen ließ um zu verhindern, dass die, die nichts besaßen, sich etwas von dem holten, was man nicht bereit war ihnen zu geben.

Er fragte, warum diejenigen, die keine Aussicht hatten wie Menschen zu leben, nicht wie sein Volk vom Wald zu leben versuchten. Er erfuhr, dass es viele taten. Aber sie taten es ohne das Wissen, das ihre Völker besaßen. Wenn sie etwas anpflanzen wollten, so fällten sie alle Bäume und brannten nieder, was sie nicht zum Bau ihrer Hütten verwenden konnten. Nachdem sie wenige Jahre geerntet hatten, war die Erde tot, denn sie pflanzten immer das gleiche. Dann zogen sie weiter und hinterließen einen Boden, der vom Regen in die Flüsse gewaschen wurde, weil sie mit den Bäumen auch ihre Wurzeln vernichtet hatten. Sie wussten nicht, wie man im Schutz der Bäume viele verschiedene Pflanzen wachsen lassen konnte, so dass man immer genug zu essen hatte.

Einen Teil ihrer Ernte versuchten sie zu tauschen, weil sie nicht gelernt hatten, was sie brauchten aus dem zu fertigen, was der Wald ihnen gab. Vor allem aber arbeitete jeder und jede Familie für sich. Wenn sie eine Missernte hatten, bedeutete das ihr Ende, denn sie hatten nicht gelernt einander zu helfen. Viele von ihnen versuchten dann als Jäger des gelben Staubes zu überleben. Aber für die Werkzeuge, die man ihnen gab, mussten sie arbeiten und von dem, was sie fanden, ließen die Besitzer der Maschinen ihnen nur das, was sie brauchten um nicht zu verhungern.

Je schlechter es ihnen ging, umso verzweifelter wurden die Menschen, und die angesammelte Wut entlud sich in Akten der Gewalt. Aber diese Gewalt richteten sie nicht gegen die, die ihnen alles nahmen, sondern gegen ihresgleichen, gegen ihre Frauen und Kinder und gegen die Stämme, die dort lebten, wo ihre *chefes* sie nach dem gelben Staub suchen ließen.

Sie hatten lange geredet und als der Schamane seinem Stammesbruder von seinem Auftrag erzählte, lud dieser ihn ein in seiner Hütte zu leben.

Von nun an arbeiteten sie gemeinsam an dem Boot, gingen auf Fischfang und pflegten den Garten, in dem sie nach Art ihrer Völker Gemüse anbauten.

Anstatt wie die Eindringlinge auf großen Flächen die gleichen Pflanzen anzubauen, hatten die Bewohner des Waldes gelernt, wie man den Boden fruchtbar hält. Sie setzten Mais, Kürbisse und Bohnen zusammen. Der Mais wuchs schnell und gab den Bohnen Halt um an ihm hoch zu klettern, die Kürbisblätter deckten den Boden ab und bewahrten die jungen Wurzeln vor Austrocknung oder Starkregen. Nach der Ernte ließ man die Pflanzenteile an Ort und Stelle verrotten und gab damit der Erde zurück, was die nächste Generation benötigte.

Seit Jahrtausenden hatte der Wald sie gelehrt, welche Pflanzen zusammen gedeihen und darauf achteten sie. Sie wussten, dass die Vielfalt der angebauten Früchte auch ihre Vernichtung durch Schädlinge verhinderte und das bewahrte sie vor den Katastrophen, die regelmäßig die Ernten der Fremden heimsuchten. Je mehr diese in den Wald eindrangen und das ursprüngliche Gleichgewicht zerstörten, je mehr sie die Ureinwohner vertrieben und töteten, umso mehr raubten sie sich das, was ihr Überleben hätte sichern können.

Diese Menschen schienen unfähig zu lernen. Tagein, tagaus taten sie das Gleiche, fällten die Bäume, die ihnen Nahrung und Medizin hätten geben können, vergifteten das Wasser, von dem sie tranken, verpesteten die Luft, die sie atmeten mit den stinkenden Ausdünstungen ihrer Maschinen, verwandelten blühende Gärten in Müllhalden und die Flüsse in stinkende Kloaken, töteten alles, was ihnen im Wege war und auch sich gegenseitig aus Neid, Habsucht und ohnmächtiger Wut, verzehrten die Kraft, die ihnen blieb, indem sie ihren Frauen und Kindern Gewalt antaten, aber sie begriffen nicht, dass all dies sie immer weiter von einem menschenwürdigen Leben entfernte und dass das, was sie ihren Mitgeschöpfen zufügten, auf sie zurückschlug und sie selbst zerstörte. Sie hatten sich einem Leben verschrieben, das in die Vernichtung aller führen musste.

Aber was der Grund für ihr irrsinniges Tun war, verstand der Schamane noch nicht. Er ahnte, dass es etwas mit dem Geld zu tun haben musste, nach dem alle gierten, mit dem Besitz, der ihr höchstes Gut zu sein schien, aber was sie hinderte sich andere Ziele zu setzen blieb ein Geheimnis.

Eines Tages stand eine Nachbarin, die eine Hütte weiter unten am Fluss bewohnte vor ihnen und bat sie verzweifelt um Hilfe. Ihre beiden Kinder waren krank geworden, hatten hohes Fieber und wurden von Tag zu Tag schwächer. Der Schamane nahm seinen Tragekorb und folgte der Frau. Ihr Mann befand sich in einem der Holzfällerlager und Geld um einen Arzt zu rufen hatten sie nicht.

Er fand die Kinder, ein Mädchen und einen fast gleich alten Jungen, apathisch auf einem bettähnlichen Gestell liegend, mit fieberglänzenden Augen. Es roch nach den flüssigen Ausscheidungen, die ihre ausgezehrten Körper nicht halten konnten.

Er forderte die Frau auf Wasser zu kochen. Aus seinem Korb nahm er eine Hand voll Kräuter, die er unter Beschwörungsformeln in das heiße Wasser rührte, wartete bis der Sud zu duften begann und flößte ihn, als er etwas abgekühlt war vorsichtig den Kindern ein. Über dem Feuer entzündete er ein Büschel anderer Kräuter, deren Rauch er mit einer großen Feder singend über die Köpfe der Kinder führte.

Nach kurzer Zeit schliefen sie ein. Er half der Frau die stinkenden Lappen zu entfernen, auf denen die Kinder lagen und bat sie ihn zu holen, wenn die Kinder aufwachten.

Erst am nächsten Morgen kam die Nachbarin wieder und berichtete, dass der Durchfall fast aufgehört hatte und auch das Fieber gesunken war. Er wiederholte die Behandlung und führte sie auch die nächsten Tage fort, bis die Kinder wieder bei Kräften waren.

Einen Tag später stand die Frau mit ihren Kindern vor ihrer Hütte und bot ihnen an im Garten zu helfen.

Sie war überrascht wie viele verschiedene Gemüse dort wuchsen, vor allem aber über die Art wie die Pflanzen dicht beieinander standen. Sie begriff, dass sie auf diese Weise einander halfen und staunte wie viele gleichzeitig Früchte trugen. In den Gärten ihres Volkes pflegte man sortenweise in Reihen zu pflanzen und wurde regelmäßig von Ernteausfällen überrascht. Der Mangel an Nahrung zwang sie dann ihre Arbeitskraft zu verkaufen. Auch in diesem Jahr war dies geschehen.

Sie wunderte sich, dass in dem Garten ihrer Helfer kaum in das natürliche Wachstum durch Herausreißen nicht gesäter Pflanzen eingegriffen wurde. Viele davon fanden Verwendung, einige als Medizin, andere ließ man wachsen, weil sie dem Boden Nährstoffe zuführten, die die übrigen Pflanzen besser gedeihen ließen.

Ein ständiger Kampf wie ihn die Plantagenbauern gegen angebliche Schädlinge führten, wurde dadurch überflüssig. Man kannte die Gesetze des Zusammenlebens so genau, dass man nur wenige Eingriffe vornehmen musste. Das sparte Arbeit und führte dazu, dass die Früchte aromatischer schmeckten und mehr Nährstoffe enthielten.

Sie boten der Frau an in ihrem Garten einige Gemüse nach traditioneller Art anzupflanzen und sie willigte begeistert ein. Auf einer Fläche, auf der die jungen Maispflanzen verdorrt waren, hackten sie diese unter und legten in die mit einem Grabstock gedrückten Löcher je einen Mais-, Bohnen- und Kürbissamen. Nachdem sie die Erde bewässert hatten, zeigten sich eine Woche später die ersten Keimlinge. Sie wuchsen schnell. Während in den gepflanzten Einheitsreihen stellenweise Pflanzen zurückgeblieben und verkümmert waren, schienen hier für alle günstigere Bedingungen zu herrschen. Die Pflanzengemeinschaften sorgten dafür, dass alle ihre Nährstoffe erhielten, jeder von den anderen unterstützt wurde und die Früchte gleichmäßig reiften.

Den Kindern, die die Pflege der neuen Pflanzen übernommen hatte, war die Freude über das Gedeihen der ihnen Anvertrauten anzusehen. Oft hockten sie am Rand und zeigten sich, wie viel jeden Tag neu in die Breite und Höhe gewachsen war. Sie steckten gleich hohe Stöcke in die Erde und wenn sie am nächsten Morgen nachschauten, waren sie immer wieder überrascht, was sich über Nacht getan hatte.

Regelmäßig berichteten sie ihren Nachbarn und diese kamen und gaben ihnen Hinweise, zeigten, welche Pflanzen sich zu den drei Schwestern Mais, Bohne und Kürbis hinzugesellten und wie sie zusammenwirkten, warum man sie nicht entfernte und welchen Nutzen sie hatten.

Die Kinder verstanden schnell, beobachteten immer genauer, entdeckten Zusammenhänge, tauschten sich mit ihren Freunden aus und freuten sich am Wachsen der Früchte.

Eines Abends drang lautes Schreien und Weinen von den Nachbarn herüber. Die beiden Männer liefen hin und sahen einen Mann, der wie ein Besessener mit der Machete auf die neue Anpflanzung einhackte und alles niedertrampelte.

Die Kinder versuchten weinend ihren Vater davon abzuhalten, wurden aber mit Tritten und Faustschlägen weggejagt. Die Frau stand zitternd daneben, versuchte ihre Kinder zu schützen und festzuhalten.

Als der Mann die beiden Nachbarn entdeckte, beschimpfte er sie mit Flüchen und bedrohte sie mit der Machete.

Sie gingen zurück zu ihrem Haus.

Zwei Tage später kratzte es an ihrer Hüttentür. Die Frau stand vor ihnen mit Tränen in den Augen. Ihr Mann war wieder zu den Holzfällern zurückgekehrt. Als die Kinder ihm begeistert von ihrer indianischen Anpflanzung erzählten, hatte er etwas von *Teufelswerk* gebrüllt und alles vernichtet. Er hatte von einem Teil des verdienten Geldes eine scharf riechende Flüssigkeit gekauft, die alles töten sollte, was neben dem Angepflanzten aus der Erde wuchs. Als er sah, was seine Familie ohne sein Wissen unternommen hatte, begann er zu toben. Seine Frau versuchte es damit zu entschuldigen, dass er hart arbeitete.

Die Beiden beruhigten sie und boten an, dass die Kinder zu ihnen kommen und ihnen bei der Pflege der Pflanzen und der Ernte helfen konnten.

Am Nachmittag standen die beiden Kinder verlegen vor der Hütte. Das Geschehene war ihnen offensichtlich peinlich. Die beiden Männer begrüßten sie freundlich und zeigten ihnen, was sich auf ihren Pflanzungen inzwischen getan hatte. Auf einigen Blättern waren Käfer zu sehen und sie begannen gemeinsam diese abzuklauben und in einem Flaschenkürbis einzusammeln.

Einige Früchte waren bereits reif und die Männer gaben sie den Kindern als Dank für die Hilfe mit.

Eines Tages erzählten die Kinder, dass ihre Mutter krank war.

Als der Schamane sie sah, erschrak er. Ihr Gesicht war rot aufgequollen und ihr Körper mit offenen eitrigen Wunden übersät. An einem Fuß hatte sich die Haut blutig abgeschält. Die Frau berichtete, dass sie wie ihr Mann es befohlen hatte, die Flüssigkeit aus der von ihm gekauften Flasche mit Wasser verdünnt und auf die Pflanzen gegossen hatte. Dabei war etwas unverdünnt auf ihren Fuß gespritzt. Es hatte gebrannt, aber sie hatte sich nichts dabei gedacht. Kurz darauf war der Fuß rot angeschwollen und der ganze Körper hatte zu brennen begonnen.

Der Schamane ließ die Kinder Wasser holen und entzündete ein Feuer. Das Pulver, das er in den Kochtopf rührte, hatte er schon bei verschiedenen Vergiftungen verwendet. Er gab der Frau die leicht abgekühlte Flüssigkeit zu trinken und wies sie an, den ganzen Tag über große Mengen davon zu sich zu nehmen.

Am nächsten Morgen setzte er den Heiltrank erneut an. Die Frau berichtete, dass das Brennen in ihrem Inneren etwas weniger geworden war. Äußerlich war noch keine Veränderung zu sehen.

Tag für Tag wurde die Behandlung fortgesetzt und langsam verschwand die Rötung der Haut und die offenen Wunden begannen abzuheilen.

Eines Nachmittags hörten die beiden Männer wieder das Brüllen ihres Mannes, das kurz darauf verstummte. Die Kinder kamen schreiend zu ihnen gerannt und zogen sie zu ihrer Hütte.

Der Mann lag davor und wand sich in Krämpfen. Aus seinem Mund kam Schaum und wenige Minuten später starb er.

Später erfuhren sie, was geschehen war. Ihr Mann war nach Hause gekommen und sie hatte ihm von ihrem Unglück mit dem Gift erzählt. Als er von der Hilfe des Schamanen erfuhr, begann er wieder zu toben. Man hatte ihm gesagt, dass die Flüssigkeit für Menschen nicht gefährlich sei. Um ihr das zu demonstrieren hatte er davon getrunken und war kurz darauf nach Luft ringend zusammengebrochen.

Nachdem ihr Mann beerdigt worden war, fragte die Frau die beiden Männer, ob sie ihr noch einmal bei einer Anpflanzung helfen konnten. Diesmal war die Arbeit mühsamer, denn zuerst mussten die vergifteten Pflanzen entfernt und die oberste Erdschicht abgetragen werden. Aber schließlich konnten die Samen in den Boden gelegt werden und eine Woche später zeigten sich die ersten Keime. Die Kinder wussten, was zu tun war und als die ersten Bohnen nach zwei Monaten reif waren, brachten sie stolz einen Korb voll zu den beiden Männern um ihnen zu danken.

Auch die beiden Männer brachten häufig Teile ihrer Ernte zu den Nachbarn, denn bei den Stämmen war es üblich, dass alles geteilt wurde, was man jagte oder anbaute. Den Fremden war dieser Brauch fremd. Jeder von ihnen versuchte so viel wie möglich für sich zu behalten aus Angst vor einem Mangel, der aber nur deshalb auftrat, weil einzelne zusammenrafften, was allen gehörte. Weil sie ständig sahen, wie Menschen in Armut versanken ohne dass jemand ihnen half, waren sie von der Idee besessen, dass jeder für sich alleine für Sicherheit sorgen musste. Weil dies aber alle taten und dabei versuchten möglichst viel für sich zu gewinnen, war diese Sicherheit ständig von allen anderen bedroht, was dazu führte, dass man sie als Gegner oder Feinde betrachtete.

Dieser Geist des Kampfes, der Missgunst, der Habsucht schien vor allem von den Männern auszugehen. Sie waren es, die dem Geld nachjagten um ihre Familien zu ernähren, sie waren es, die sich als Chefs ihrer Familien aufspielten und von diesen Unterwerfung verlangten. Sie waren unfähig ihre Frauen und Kinder zu achten und deshalb auch nicht in der Lage von ihnen zu lernen. Und das beraubte sie der einzigen noch übrig gebliebenen Quelle des Glücks. Statt Gemeinsamkeit trugen sie den Geist der Unterwerfung und der Kontrolle in ihre Familien und je ein-samer sie sich dadurch fühlten umso tyranni-scher wurde ihr Verhalten. Was ihre Chefs ihnen antaten, gaben sie weiter an ihre Angehörigen. Und weil in dieser Welt männlichen Größen-wahns nichts Gemeinsames wachsen konnte, blieb jeder auf sich gestellt zur Ohnmacht verur-teilt und starb für sich alleine.

Mit dem Tod ihres Mannes schien bei der Nachbarin eine Verwandlung vor sich zu gehen. Ihr Blick wurde offener, ihre Schultern waren wie von einer Last befreit. Wenn sie mit den Männern sprach, sah sie nicht mehr zu Boden und immer öfter konnten sie ein Lächeln in ihrem Gesicht se-hen. Auch ihren Kindern gegenüber wurde sie fröhlicher und unbeschwerter.

Ihre Besuche wurden häufiger. Die Mutter wollte jetzt immer mehr über die Zusammen-hänge erfahren, die das Wachstum in ihrem Gar-ten bestimmten. Das Gift schien nicht nur aus ih-rem Körper und aus dem Ackerboden ver-schwunden zu sein. Auch das schleichende Gift der Angst, des Misstrauens, der Resignation, das sie niedergedrückt hatte, verschwand mehr und mehr aus ihrer Seele. Und ihre Kinder wur-den immer selbständiger. Mit den Pflanzen wuchs ihre Wissbegier. Und da niemand sie mehr gering schätzte und unterdrückte, konnte auch ihr Selbstvertrauen wachsen. Ihre kleine Familie glich immer mehr dem, was die drei Schwestern, die sie gesät hatten, verkörperten.

Hatten sie früher das Wachsen ihrer Pflanzen mit Misstrauen betrachtet und einen ständigen Kampf gegen das geführt, was sie als deren Feinde ansahen, so konnten sie jetzt gelassen und voller Vertrauen zusehen, was sich dort entwickelte und die Furcht vor Verlust wich einer großen Dankbarkeit. Alles, was auf ihrem Acker geschah, folgte einem höheren Sinn. Und je mehr sie von diesem verstanden, umso größer wurde das Gefühl, mit ihm verbunden zu sein.

Sie begriffen, dass die Natur, die sie umgab, für sie sorgte, solange sie ihre Gesetze achteten und nicht mehr von ihr nahmen als sie benötigten. So war es immer gewesen, seit Menschen von und mit ihr gelebt hatten. Tausende von Jahren hatten die Menschen des Waldes in ihm gejagt und angepflanzt, hatten seine Früchte geerntet und auch Feuer genutzt, um auf kleinen Flächen dem Boden neue Nährstoffe zuzuführen. Aber immer hatten sie darauf geachtet, dass der Wald selbst keinen Schaden nahm, dass er die von den Menschen verlassenen Flächen wieder begrünen und das Kronendach wieder schließen konnte. So hatten sie die Mutter, die ihnen alles gab, geehrt, so dass sie folgende Generationen mit Nahrung versorgen konnte.

Und dann waren die Fremden gekommen, die den Wald als Geldquelle sahen, die ihn ausplünderten und verbrannten, ihn verseuchten und für immer zerstörten, ahnungslos, rücksichtslos, blind für das, was sie anrichteten und für die Folgen ihres Tuns, hemmungslose Sklaven einer Macht, deren Habgier nur noch von ihrer Dummheit übertroffen wurde. Menschen, die leugneten, was jedes Kind sehen konnte und jene bekämpften, die sie davor bewahren konnten mit dem Wald auch ihre eigene Art zu vernichten.

Tag für Tag konnten die beiden Männer beobachten, wie immer mehr Fremde in die kahl geschlagenen Gebiete strömten, Hütten errichteten, Pflanzungen anlegten und bearbeiteten, wie in ihrem Gefolge Bretterbuden aufgestellt wurden, in denen sie ihr weniges Geld in Alkohol und Esswaren eintauschten, bei Glücksspielen verloren, die regelmäßig in Gewaltakten endeten oder bei den Frauen ließen, die dafür ihre Körper verkauften.

Und während sie das vergewaltigte Land in eine Abfallhalde verwandelten, zog der Gestank

wie ein Dunghaufen neue Heerscharen von Flie-
gen an, deren ununterbrochener Lärm die Luft
vibrieren ließ.

Nach den Holzfällern, den Jägern des gelben Staubes, den   Kleinbauern und den Händ-
lern kamen die Bauarbeiter, die Hafenanlagen
und Lagerhäuser, Geschäfte und Häuser für die
Gewinner des Zerstörungswerkes in Beton gos-
sen und schließlich die Geldverleiher und Banken, deren Gebäude bald alle übertrafen.

Der Schamane fragte seinen Stammesbruder, was der Zweck dieser Kolosse war. Er erfuhr, dass hier das Geld gesammelt wurde. Hier
floss das zusammen, was die Heere schwer ar-
beitender Menschen schufen und von hier kam
das Geld, mit dem neue Zerstörungswerke möglich wurden.   Wer mehr Geld hatte als er benötigte, brachte es zur Bank und bekam für die Zeit,
die es dort war einen geringen Betrag. Diejenigen, die mehr Geld benötigten als sie besaßen,
konnten es leihen, mussten dafür aber später
weit mehr zurückzahlen als sie bekommen hatten. Dadurch sammelte sich immer mehr Geld in
den Banken, das diese wieder benutzten, um andere für sich arbeiten zu lassen und neue Ge-
winne zu machen. Sie waren es, die das Geld für
den Bau der Straßen und Hafenanlagen, der
Schiffe und Lastwagen, der Planierraupen und

Sägewerke zur Verfügung stellten, mit denen der Urwald vernichtet und ständig neue Siedlungen aus Abfall und Stein errichtet wurden. Sie waren die Macht, der sich alle unterwarfen und die Menschen zu einem Leben zwang, das nicht mehr von ihnen selbst bestimmt werden konnte, sondern dem Gesetz des Geldes zu gehorchen hatte, dessen Vermehrung ständiges Wachstum erforderte. Sie legten die Regeln fest, nach denen die Fremden lebten und starben, sie sorgten dafür, dass die Armen immer ärmer und immer mehr wurden und die Reichen immer reicher, denn sie gaben nur denen Geld, die bereits zu den Vermögenden zählten und sorgten dafür, dass alles, was die Armen erarbeiteten, für jene und für die Banken möglichst viel Gewinn brachte. Sie waren die Triebkraft des selbstzerstörerischen Wahnsinns, sie saugten das Blut aus den Adern der Erde und der Menschen, unersättlicher als jeder Vampir, hemmungsloser als jedes Insekt, getrieben von der Sucht nach mehr und immer mehr.

Der Schamane ahnte, dass hier die Ursache der Krankheit war, die die Fremden und die Welt, in der sie lebten befallen hatte. Er wusste, dass diese Welt nur weiter existieren konnte, wenn Geben und Nehmen im Gleichgewicht waren, wenn alle zusammen arbeiteten und niemand sich mehr nahm als er brauchte. Er konnte

sehen, wie die immer weiter in den Wald wu-
chernden Siedlungen das zerstörten, was ihnen
Leben gab und dass ein ständiges Wachstum
auf Kosten der Natur enden musste, wenn die
Natur verbraucht war. Dann aber würde auch
das Leben derer enden, die versuchten sich über
sie zu erheben.

In seinem Volk gab es eine Prophezeiung.

Einst war die Erde den Menschen vom Großen Geist   anvertraut worden. Er hatte ihnen
auch das Gesetz gegeben, das die Erde, ihre
Mutter, regierte. Dieses Gesetz war für alle Zeit
gültig. Es sorgte dafür, dass das Gleichgewicht
des Lebens aufrechterhalten wurde. Ihm war alles Leben auf der Erde unterworfen.

Mutter Erde war allen Wesen gegeben um
sie zu ernähren und mit dem zu versorgen, was
sie brauchten: Mit frischem Wasser, der Grund-
lage allen Lebens, das ihre Körper durchfloss,
mit sauberer Luft, die allem Lebendigen Energie
gab, mit der Erde selbst, die ihm die Stoffe zur
Verfügung stellte, die es zum Wachsen benötigte
und mit der Wärme der Sonne im richtigen Maß.

Die Menschen waren ein Teil des großen Kreislaufes allen Lebens, der sich endlos erneuerte, solange sie das Große Gesetz befolgten und nichts an ihm veränderten oder zerstörten, denn alles Lebendige war gleich wichtig, hatte seine Aufgabe und musste deshalb respektiert werden.

Wenn die Menschen das Gleichgewicht zerstörten, indem sie einzelne Arten vernichteten oder ihr Zusammenwirken beeinträchtigten, so würden die Folgen von ihnen oder ihren Kindern zu tragen sein.

Die Menschen waren nur ein Teil des großen Ganzen, das ihnen nicht gehörte, sondern ihnen nur für die Zeit ihres Lebens mit der Verantwortung übergeben war für seinen Fortbestand zu sorgen.

Deshalb bestand ihre Aufgabe darin, von Generation zu Generation das Wissen um die Gesetze des Lebens weiterzugeben, damit auch ihre Kinder in Harmonie mit Mutter Erde leben konnten. Sollte dies von den Menschen missachtet oder vergessen werden, würde sich das Naturgesetz ohne Rücksicht auf sie und ihre Einrichtungen durchsetzen und das Gleichgewicht wieder herstellen.

Die Prophezeiung sprach auch von einer Zeit, in der die Menschen all das, was ihnen vom Großen Geist gegeben worden war, missbrauchen und eigensüchtig beginnen würden, die Erde und ihre Mitgeschöpfe auszubeuten und zu schänden.

Die Folgen ihrer Ignoranz und rücksichtslosen Gier würden Chaos und Kriege, Umweltkatastrophen und letztlich die Vernichtung ihrer Lebensform sein.

All dies war schon einmal geschehen und es würde sich wiederholen, wenn die Menschen nicht fähig sein sollten zum Großen Gesetz zurück zu finden.

Diese Zeit, in der sich Mutter Erde von dem befreite, was ihren Fortbestand bedrohte, nannten die in das Gesetz Eingeweihten die Zeit der Reinigung. Ob sie alles menschliche Leben oder nur die zum Schaden des Ganzen geschaffenen Einrichtungen beseitigen würde, hinge davon ab, wann und wie viele zum Großen Gesetz zurückkehrten.

Nur wenn die Menschen den Grundsätzen der Liebe und des Respekts vor allem Geschaffenen folgen würden, könnten sie wieder Teil des großen Kreislaufes allen Lebens werden und ein Leben in Harmonie, in Frieden und Freiheit führen.

Der Schamane wusste also, was es bedeutete, wenn Menschen Einrichtungen schufen, deren Sinn darin bestand, auf Kosten anderer und der Erde immer mehr Reichtümer zusammenzuraffen, wenn sie sich anmaßten die Gesetze des Lebens außer Kraft zu setzen und an ihrer Stelle solche einzuführen, die sie zum Herrscher über alles Leben und dessen Ausplünderung für alle Zeit möglich machen sollten.

Er wusste, dass ein solcher Versuch scheitern musste, auch wenn diejenigen, die ihn unternahmen, sich eine Zeit lang als Gewinner fühlen konnten, weil der Schaden, den sie anrichteten sie noch nicht betraf. Aber je weiter die Grundlagen des Lebens verletzt wurden, umso schneller würden die Auswirkungen auch die treffen, deren rücksichtslose Gier die Ursache dafür war.

Die Anzeichen waren bereits erkennbar und konnten in den Kästen, die lebende Bilder aus aller Welt zeigten, verfolgt werden. Wo man den Urwald großflächig abgeholzt hatte, versiegte der Regen und verheerende Dürren breiteten sich aus. Die Feuchtigkeit des Meeres wurde nicht mehr von den Bäumen aufgenommen und weitergegeben, wodurch an anderen Stellen sintflutartige Niederschläge das Land überfluteten. Die Abgase ihrer Fahrzeuge, Kraftwerke und ständig wachsenden Fleischproduktion führten dazu, dass die Erde sich immer mehr erwärmte. Zunehmende Temperaturunterschiede ließen Stürme von nie gekannter Gewalt entstehen. Die Gifte, die man in Boden und Flüsse gebracht hatte um schnellen Gewinn zu machen, verseuchten die Nahrung und das Trinkwasser und ließen Menschen und Tiere erkranken und sterben. Vernichtende Energien, die man zu kontrollieren glaubte, verstrahlten Teile der Erde auf unabsehbare Zeit und machten sie unbewohnbar. Ströme von Flüchtlingen, die auf ihrem Land nicht mehr leben konnten, wanderten von Ort zu Ort auf der verzweifelten Suche nach Nahrung und Obdach. Kriege, aus Geldgier begonnen, breiteten sich aus wie verheerende Feuer, vernichteten, was von Menschen in Jahrhunderten aufgebaut worden war und erzeugten Ketten von Gewalttaten, die bis in weit entfernte Länder reichten.

Die Welt begann bereits im Chaos zu versinken, aber noch immer arbeiteten die Mächtigen daran, die Gegensätze zu vertiefen, neue, noch größere Ungerechtigkeiten zu schaffen, die letzten unversehrt gebliebenen Gebiete der Erde zu zerstören und durch Gewaltandrohung und Waffenverkauf die von ihnen verursachten Konflikte zu verstärken.

Und die Menschen, die man an diese Lebensform gewöhnt hatte, machten das Spiel mit. Sie arbeiteten für Hungerlöhne, ließen geschehen, dass man ihnen immer mehr von dem nahm, was sie zum Leben benötigten, glaubten die Lügen, die man ihnen erzählte, hielten ihresgleichen für ihre Feinde und ihre Ausbeuter und Unterdrücker für ihre Retter, ließen sich in Kriegen missbrauchen um die Kassen derer zu füllen, die sie anzettelten und suchten in der Zeit, die ihnen blieb, verzweifelt nach Möglichkeiten um ihr Elend zu vergessen.

Dem Schamanen wurde immer klarer, dass seine Suche nach einem Heilmittel für die Krankheit, die sein Volk zu vernichten drohte, beendet war. Nicht weil es kein Heilmittel gab, sondern weil die Krankheit die ganze Welt erfasst hatte. Wie ein Krebsgeschwür hatte die Gewinnsucht Mutter Erde durchdrungen, blockierte den Austausch der Energien und ließ immer größere Teile absterben. Ganze Völker wurden von den Adern des Lebens abgeschnitten, weil die Ströme, die einst alle mit Nahrung versorgt hatten, nur noch in eine Richtung flossen, dahin, wo die Herrscher des Geldes ihre Paläste errichtet hatten, wo sie die Ergebnisse ihrer Habgier zur Schau stellten und schamlos ihre Orgien der Vernichtung feierten.

Täglich konnte man die gezackte Kurve ihrer Geldwetten an den Bildschirmen verfolgen, konnte in die Irrenhäuser der   Raffsucht blicken, wo die Jäger des Geldes hektisch versuchten seine Ströme in ihre Richtung zu lenken.

Wie sollte es gelingen ihre weltumspannenden Fangnetze zu durchtrennen, mit denen sie aus jedem Winkel der Erde ihre Beute fischten?

Wie sollte man eine Krankheit heilen, deren Besitzer sich im Vollbesitz ihrer Gesundheit fühlten?

Die einzige Möglichkeit, die der Schamane sah, war die zu seinem Volk zurückzukehren, ihm von den Ergebnissen seiner Suche zu berichten und ihm zu helfen seine Lebensart zu bewahren und vor weiteren Angriffen von außen so gut es ging zu beschützen.

Eines Tages, wenn die Zeit reif war und die Fremden die Welt so weit zerstört hatten, dass ihr Überleben in Frage stand, wenn sie die Wahl hatten die Form ihres Lebens zu ändern oder unterzugehen, wenn sie endlich erkennen mussten, dass man Geld nicht essen kann, würden sie vielleicht bereit sein den Rat der Bewahrer der Erde anzuhören. Und dann mussten genügend Menschen in der Lage sein ihnen ihr Wissen um die Zusammenhänge des Lebens zu schenken.

Die Zeit davor würde ihre Weisheit und Überlebensfähigkeit auf eine harte Probe stellen. Je weiter der Wald, in dem sie lebten, zerstört wurde, umso mörderischer würden auch die Angriffe auf die werden, die gelernt hatten von und mit ihm zu leben.

Sein Volk brauchte ihn und das, was er auf seiner Reise ins Land der Monster gelernt hatte. Je besser es verstand wie die Fremden dachten und handelten, desto eher würde es ihm gelingen die richtigen Antworten zu geben. Dazu musste es aber auch die Sprache der Fremden kennen.

Die beiden Männer hielten Rat und beschlossen gemeinsam zu dem Volk des Schamanen zurückzukehren. Es musste vorbereitet werden auf die Zeit, in der seine Hilfe gebraucht wurde.

Die nächsten Tage und Wochen besprachen die beiden Männer ihr Vorhaben mit ihren

Nachbarn und versuchten so viel wie möglich von ihrem Wissen mit ihnen zu teilen. Sie überließen ihnen ihren eigenen Garten und berieten sie bei seiner Pflege. Als sie sicher waren, dass Mutter und Kinder auch ohne ihre Hilfe zurechtkommen würden, nahmen sie Abschied.

Auf dem Weg in den Wald sahen sie wie viel davon in den Monaten, seit der Schamane sich auf die Suche gemacht hatte, zerstört worden war.

Sie wanderten zunächst am Rande der Straße, die sie schließlich hinter sich ließen. Der Wald empfing sie mit seinem belebenden Duft und seinen Geräuschen, die ihnen so vertraut waren. Es war ein weiter Weg, aber mit jedem Schritt, den sie taten, wurde ihr Atem freier.

Zeitfracht Medien GmbH
Ferdinand-Jühlke-Straße 7
99095 Erfurt, Deutschland
produktsicherheit@kolibri360.de